詩集

記憶のカバン

曽我部 昭美

砂子屋書房

＊目次

Ⅰ　川の記憶

装幀・倉本　修

詩集　記憶のカバン

Ⅰ　川の記憶

出会い（川の記憶　一）

青田の溝がプールだった
からだの幅だけの細い水浴び場
腕や脇腹をくすぐる畔の草
アメンボが仲間で
溢れる澄み切った水には
農薬も放射線もなかった

（幼い膚に沁み込んだ

そんな水との幸せな出会いには
しかし同時に
不幸せの種もひそんでいた）

やがて川で再会した水は
少年の暑い日を青く染め
首都に出てからも
夏　帰省のたびに
溜まっている塵埃を洗い落とし
青に染め直すため
真っ先に会いにいく
親しい友のような存在だったのに
あるとき　しばらくぶりに会うと
かつての面影はなく　灰色に濁り

水も減り　染め直すどころでなかった
いつの間にか出現したダムのせいで

（いっそ出会うんじゃなかった
そんな青に）

その後住むことになった
地方都市の川も
腐臭の漂う
垂れ流しのどぶ川で
夏がくるたび
渇きが喉元まで突き上げ
遠出までして探したのに
どこの川にも目当ての色はなかった

光と影（川の記憶　二）

川幅二百メートルの中流に
ゼンゴヤブという泳ぎ場があって
近くの子どもたちで賑わった
私が泳ぎを覚えたのもそこで　一年の夏
一時帰休していた一等兵の叔父に
ひっぱり込まれたのだった
流れの幅は五、六十メートルで
浅場も深場もあり腕に応じて楽しめた

名前の由来の竹やぶのある辺りは深く淀み
その下手《しもて》　春に母と土筆《つくし》を摘んだこともある
岸辺から見ると　ゆったりした流れは
底の石が見えるほど澄んでいた

あるとき　都会の子が二、三人やってきた
夏休みで親戚に留まっているようだった
年上の中学一、二年とおぼしい子が
岸に立って流れを眺めながら
「飲めるほどきれいだ」といった
思ってみたこともなかったそのことが
確か五年だった私の頭に刻み込んだのは
急に鼻が高くなったような気分だけでなく
まだ見たことのない余所の自然への

漠然とした暗い予感のようなものだった

その子らも脱いで泳ぎはじめた
中学生だけ革靴だったが
草むらに置いてあるその靴は
下駄やズックしかはいたことのないものたちには
たしかに高根の花だった

だがそのあと起こったことには
同じくきれいな水になじんできたものとして
たいへん恥ずかしい思いをしたのだった
近くにいた上級生が仲間と謀り
靴をひそかに川に沈めたのだ
もぐって石で覆い隠す荒っぽい手口で

碧潭（川の記憶　三）

深い雑木の山が救いだ
碧い命のひそむ場所

鳥の目になって溯上してみる
密集する人家の
まるで下水道の下流域から
田んぼの広がるあたりにくると
白茶けた川原に

鼠色の水が一筋流れている
はたして行く手　山の取っ掛かりに
灰色の部厚いコンクリートのダム
鼠を呑み込んだ蛇の腹のように
膨らんだ水の
尻尾が透き通ってくると
褶曲しながら盛り上がる
落葉樹林の山襞に隠れていく

急降下して襞を分ける
と水際の砂に大粒の実
見上げる高木から落ちたばかりの
艶やかな栃の実だ
翡翠色の谷間をゆくと

大小の岩に象嵌された潭
まるで青玉の数珠だ
ぱっちり目のあいた少年の小潭
底知れぬ妖艶な瞳の深潭
そして日の差し込む碧潭では
渦が絶えず再生している
光に押し上げられて

たしかに　ここは
いのちの再生する場所だ
その渦の揺籃にゆられて
いっときよみがえるのだ

面色《かおいろ》（川の記憶　四）

見るたび（直にでも映像でも）
真っ先に気になるその面色
源流はむろん無色透明だ
キノ川でもテムズ川でも
先日テレビで見たテムズの源流域は
ロンドンの大きな灰色の面が嘘みたいに
可憐できれいだった

川の流れは人間の歴史とどこか似ている
大まかにいって
源流は原始　上流は古代中世で
中流は近世近代　下流は現代そのものだ
そして近代になってから
コンクリートのダムが吐き出す
土砂の濁りにはじまり
その他もろもろの汚水で
川の色は無色青色から
次第に灰色へと変わっていく
青い中流もよく見ると
おおかた曇りガラスが入っている
今日下流まで清流と呼ぶに
ふさわしい川など稀だ

面色がこんなに気になってきたのは
たぶんに家郷の川のせいだ
清流そのものだった十代に上京し
初めてスミダ川やカンダ川を
目にしたときの驚き
その灰色の文明に（喧騒と塵埃の街も加えて）
大いに失望したのだったが
やがて家郷の川も面色が変わってしまった
国策のダムができて（すべてに優先する産業）

恩恵にもあずかりながら口幅ったいけど
ますます溢れてくる文明の下流で
灰色が当然のような面を目にするのは

確かにうっとうしいが
しかし振り返ってみると
そんな面色が切っ掛けになって
上流へ溯り　青い水を浴びては
いっとき子どもに還ったのだった

記憶のカバン（川の記憶　五）

1

頭の隅に雑然と仕舞っている
この世で目に焼き付いた景色を
ときどき虫干しみたいに
そっと取り出して選び
小さいカバンに纏めておき
できればあの世

天国までも（天国にいけるとして）
持参したいものたち
（地獄にふさわしいものは
ここでは無論除外する）

新緑と花盛りの椎の木
青空に迫り上がる白い峰
海に落ちる大きな夕日
家郷の山と祭りの灯……
そして青玉の淵

最初の一点は
河口から一番目の支流
市ノ川の山懐にひそむ深い淵

暑い午後　疎開の小屋から谷伝いに
少年の軽い足取りで向かう
岩に囲まれた秘密の遊び場
木漏れ日の差し込む明るい水中に
胎児のようにもぐったり　また
底で白い腹を見せる鮎を擬餌で誘ったりした

2

その後の収集には手間取った
おおかたの川に汚水が押し寄せ
後退する一方だった青玉
最後の砦は深い山地で
そこまで溯ってやっと手に入れた

その玉で透かしてみると
多くの川はいまも患っていて
いっしょに遊べない（プールだけ繁盛している）
まして大都市の川はとっくに
回復のおぼつかない灰色の面《かお》だ
スミダ川も　テムズやセーヌも

だがそんな川のオカゲだ
青玉が輝きを増しているのは

カズさんの川（川の記憶　六）

川はいまでもあるが
ほんまの川は無うなった
とカズさん　お日待ちの席で

暑い日は川浸りやった　ガキんころ
なんせ家から見えるほど近い
真っ黒に日焼けした歓声が川にひびいとった
クロンブチちゅう大きな淵があって

そこで泳ぎ合いしたり飛び込んだり
ほいで足ったら岩に這い上がって甲羅干しや
冷えたかだらを熱い岩に押し当てる
なんともいえんええ心地やった
筏が下ってくこともあったよ　十五連もの長いやつや
はな乗りのおいやん棹使いもて流し唄うたいよる
のどかなもんやったよ　ダムでける前の話や
学校出てからも家業の炭焼き下火だったさか
夏はひまあったら川や
そんころはもう潜り専門で目当ては魚
水は深い底の砂粒みえるほど澄んどるし
かだらもいちばん動くころや
しゃくり竿もって思うさま追っかけたもんや

茶色い岩に白い腹くねらせて苔食《は》んどるアユ
流れの泡にさっと紛れよる朱の斑点のアマゴ
岩陰をそっと覗くちゅうと
盛りのついた赤いウグイが息ひそめとったりした
盆なんかに帰ったこともあったさか
あらかた知っとったけど
長い都会暮らしから戻ってみるちゅうと
そがいきれいで元気やった川が
まるで病気持ちみたいにやせて灰色や
むだなダムやら土木やら養牛の垂れ流しやらで
クロンブチも土砂溜まって浅うなっとる
魚も減っておまけに細なっとる
少のうなった子どもらも
学校のこまいプールでしか泳ぎよらん

先ごろ亡うなった幼なじみと
いまじゃあ夢ん中で酌み交わしとる
古里そのものやった川の
あれやこれやを肴にして

※　かだら……体（和歌山の田舎では今も使われている）

瀬切れ（川の記憶　七）

むき出しになった白い川床
水たまりがぽつんぽつんと残っている
六十数年ぶりという
ひどい日照りで生まれた
瀬切れ
たしか四年のとき
新しいコンクリート橋の橋脚だけができていて
その凹みにそこそこ水があり

ぐるぐる回って泳いだ

その瀬切れが近年増えてるようなのだ
日照りと係わりなく
川の組合がホームページで情報を流している
梅雨の頃だと農家は気が気でないし
漁期には漁師がはらはらする

そのわけを　先頃初めて知った
ダムの下流が涸れがちになるのは
工場の多い隣りの市に分水してるからだ
すべて産業が優先するのだ

散骨（川の記憶　八）

家郷の川に撒いてほしい
それも秋祭りの川渡御の夕べに
惜しまれて社に還っていく神輿と
取り囲んで行く手を阻むだんじりが
川のなかで激しくもみ合う
宮入りの見せ場
膝まで浸かる威勢のいい舁き手に
川原をうずめる万の人々の心が

乗り移るひと時だ
東の土手には
見送りのだんじりがずらりと並び
西の土手には
出迎えの地元のみこしが一台
折からの夕日に
金糸の龍の面を煌めかし
地響き立てて右に左に走る
背後の山々の遠くに
伊予の高根がかすんでいる

囃子と喚声の渦巻いていた川原に
やがて日が落ち
神輿も土手の向こうに消え

提灯を点したたんじりの火影が
水面に映える頃
舞台の川上のやや深みに
そっと撒いてほしい　少量でいいから
ダムができてからは
かつて親しんだほどの水ではないが
この季節定まってきていくぶん澄み
霊峰の末裔の青い小石も
滑らかにちがいない
その間をゆっくり流れていく白い粒
やっと帰り着いたのだ
回帰する魚《うお》みたいに

青い加茂川（川の記憶　九）

はっきりみえて水底の秋　　山頭火

山頭火の四国遍路行脚記録によると
昭和十四年十月半ば愛媛県西条町を通っている
その年　私は八歳で小学三年
加茂川の近くに家があったが
白装束のお遍路《へんど》さんが
通りを歩いているのをよく見かけたものだ
それらの人々のなかに
放浪の俳人もいたかも知れないと思うと

なんとなく懐かしかったが
最近加茂川をうたった句のあることを知った
まだ木の橋が掛っていた頃で
夏　橋脚の辺りで泳いだこともあった
透き通った水に潜り
ぬるぬるする柱に抱き付いたりした
俳人が渡ったのは少し川上にある
一銭橋ともいわれているが
橋の上から掬ったのだ　水の秋を
言葉の手を伸ばして
伊予の高根からそのまま流れてくる水は
この季節冷たくて一段と澄んでみえる
それを一瞬にとらえた言葉から
青い加茂川がよみがえってくるようだ

逆襲（川の記憶　十）

上陸した荒ぶる神に占拠されて
最優先で繰り返し放映される情報
風速計になったレポーターが
横殴りの風雨を測っている
警報や被害のテロップも流れている
そして目玉の河川はというと
灰色どころか土色の奔流だ
それに呑みこまれそうだった渡月橋も見た

かつてはせいぜい灰色までだった
見に行った家郷の川も
青に戻るのも早かった
水が引くと流木を拾いに行った　燃料の足しに
角が取れてすべすべした木切れが
岸辺や川原に散らばっていた
近所の怪しげな祈禱師のじいさんは
軒下に高く積み上げ
製材所に負けないと自慢していた

台風で川が土色になるのは
山が荒れてきたせいだ
手入れされない植林やら侵蝕のすすむ開発やらで

異常な豪雨やダムの一斉放流も
拍車を掛けているにちがいない

敗戦のとき　国破れて山河あり　と叫んだ先生がいて
はじめて目についた中学生だったが
わずか半世紀ばかりで
今度はその山河がおかしくなった

ひたすら前進する部厚い靴に
踏み荒らされて　傷ついた山河の
逆襲がはじまっている
ひるがえる土色の幟旗《のぼり》
いまや防戦一方だ　われわれ人は

代償（川の記憶　十一）

1

新宮が古里の佐藤春夫に
熊野川の瀞《とろ》八丁を記した短い文があって
ずっと前になるが　読んだことがある
文人一流の格調高い言葉で
隠国《こもりく》熊野にふさわしい幽邃《ゆうすい》な渓谷が
目に浮かぶように綴られていた

読む以前に訪れたことがあるので
大いに納得したのだった
昭和三十年代の初め
熊野川の上流から遠くない山里で暮していた
下宿していた元村長宅の奥さんに誘われて
夏　瀞八丁を下ったのだ　川舟で
濃い緑のしたたる岩壁に縁取られた
名前通り一キロにも及ぶ
黒いほどの碧潭をゆっくり進んだ
奥さんと知り合いの婦人二、三人の声に
年配の船頭の漕ぐ櫓の音だけの
寂しい位に静かな時間だった
途中服を脱いで　そっと水に入った

用意していた水中眼鏡で覗くと
十メートルもある深い砂底を
ウナギが一匹ゆうゆうと泳いでいた

2

もう二度とあんなウナギと出会うことはないのだ
その十年後　川上にダムが出現
岩の器の水は
透明な藍色から曇った草色に入れ替わった
わずかな変化というなかれ
救いようのない開きなのだ

あの碧潭を残してほしかった

あんなウナギに会ってもらいたかった

瀞八丁は今も名勝で通っている
動力船で訪れる客は
草色の淵や切り立った岩壁を観て帰っていく
淵の色にも　それをもたらしたダムにも
思いを及ぼすことはなさそうだ

ダム百選などというのがあって
地元が売り物にしている
湖岸に桜を植えて　春は花見
草色の湖面に船を浮かべて　秋は紅葉狩り
城壁のようなコンクリートの堰も
格好の観光資源だ

ダムの行政学は
単純で複雑　正解のない数学みたいだ
雨量と容量　利水と洪水などの
連立方程式の礫《つぶて》が　最近でも
推進派と反対派との間を飛び交っている
計算は精密にみえるが　最後は雲行き次第
どんな結果が現れるか誰もわからない
想定外という便利で狡猾な逃げ口上が幅を利かす
かくして常に推進派が有利
まして異常気象の今日
反対派の声は湿りがち
権力と欲望の鬨の声が追い打ちをかけている

3

都市の喧騒や灰色の川を逃れ
たまたまたどり着いた熊野で
目に焼き付いた　眩しい緑と碧潭
やがて多くの河川に
涙や汗の難産で　ダムが生まれ
その川下で　清流は消滅した

だが　水の力を頼りにしたり
なだめすかしたりしながら
いちずに前に向かう人間にとって
清流の消滅など

小さな代償に過ぎないだろう
川の汚れを嘆く声は
虫の音よりか細く聞こえるかも知れない
それでも言葉をこぼし続けてきたのは
返っていきいきとよみがえってくるからだ
失われたものが
生きる希望でもあるかのように

II

山の記憶

風と霧（山の記憶　一）

褐色の峰が青空に浮かび
手前の低い山には
霧が湧き出ている
そこには　いま上昇気流があって
やがて峰にも霧が掛ってくるだろう

卓上山のカレンダーの
八月の写真

見つめていると
一陣の風が
頬をかすめるように撫でた
追っつけ霧も上がってくるだろう

そんな霧や風に乗って
青い中空に舞い上がり
望みどおり
この世を抜け出したかのような
感覚を覚えたことがあった
峰の頂きで

もう遠い日のことだが

いまでもまだ　ぼくのなかに
かすかに流れているようだ

ある力（山の記憶　二）

山頂間近の
霧の湧き始めた砂礫の稜線で
はじめて目にした薄紅色の花

高山でよく出会った
チングルマやシナノキンバイの群落よりも
その一、二株の花——コマクサが
いまも鮮やかに胸に焼き付いているのは
単にその誉れ高い名称のせいだけでなく
むしろにじみ出るような

ある力のためだった

それは
好きな一枚の絵
幻の川辺の浮草に
ひとり風に吹かれて立ち
苦界を見張らす
紅染めの衣のひとのような
もっとも優しくて
そしてまたきびしくもある
孤独の力だった

コマクサ……高山植物の女王といわれている
絵……見立蘆葉達磨（鈴木春信画）

よみがえる声（山の記憶　三）

西日のさす雑木林の坂道で
初めてきいたカナカナの声
山の分校に赴任した父に
逢いに行く途中だった
五年の夏休み　母や妹と

明るい樹間を縫って
ふと流れてきた

どこかさびしい
胸に沁みるような声

あれから数えきれないほど
あちこちの山や谷で
耳を傾けてきたけど
いまでもカナカナというと
真っ先によみがえってくるのは
すでにいない人たちを
呼び起こす
その初めての声だ

終生の木（山の記憶　四）

五月の山の絵は
残雪の山と新緑の森だ
新緑の森を抜けて残雪の山へ
あるいは残雪の山から新緑の森へ下る

そんな下りのなかに
いまも忘れられない森がある

ムサシノへ流れ出る川の源流の
長い下りで出会ったクヌギの原生林
黒っぽい高木が密生しているのに
瑞々しい緑がいっぱいで
あんなにさわさわした森ははじめてだった

クヌギはぼくにとって木の原点だった
欠乏してたけど一つに結ばれていた家族の
疎開の山里の四季を彩ってくれた木
夢のように柔らかい若葉や
花のように鮮やかな秋の褐色の枝
艶やかなドングリなどが
少年の目に焼き付き
さらに胸に宿った実は

やがて終生の喬木にまで成長したのだったが
その後の生活域にはいつも乏しくて
充たされない夢でもあった

それだけに
この思いがけない
緑のご馳走に有り付いたぼくは
恍惚として下った
短い時間だったが　確かに
最良の自由がそこにはあった

天王山（山の記憶　五）

見下ろす平野の
あちこちにまだ田んぼがあって
黄金色にひかっていた秋
山の仲間　男女五、六人で登った

天下分け目のきつい坂で
一服しながら　だれかが
人間ってガキよねえ

耳を澄ますと
旗を奪い合う鬨の声がきこえてきた

丸坊主の山頂に着き
思い思いに弁当を摂ったあと
ちょっと居なくなってから
戻ってきたひとが
ああ気持ちよかった
大地と交わったみたいで……

かわいいガキの声だった

匂い（山の記憶　六）

夕暮れになると濃いなってくる
台所に立っても匂うてくる
暗闇に出るといっそう強うなる

いやや一　いやや一
とだれかが叫んどる

青黒い靄のように

まとわりつく匂い

きらいやー　きらいやー
物狂おしうなって
胸の暗がりを飛び出しとうなってくる

ぐるり山をおおう椎の花盛り
夜霧のように垂れ下がってくる
黄金の生臭い匂い　精霊の滴の匂い

クヌギ林（山の記憶　七）

クヌギ林が近くにない
造成など開発のせいで
近くにある人がうらやましい
そこを散歩道にしている人がうらやましい

山里に移り住んで
庭に一本
苗木から見上げるほど高くなるまで

歳々　その鮮やかな衣替えを
つぶさに見てきたクヌギ

朝日に透ける一葉一葉の若葉
蝉の声の沸く濃い葉群れ
花束にまがう熟れた黄葉
冬芽のもたげる黒い枝

だが　やはり林だ
それであるとき
遠出の山でたまたま巡り合った
ドングリの転がる
ふかふかした落ち葉の道に
ふと　嗅いだのだった

遠い縄文の里から
漂ってきたような
懐かしい匂いを

藤白峠（山の記憶　八）

ほの暗い急坂を登りながら
ふと前方に人影が動いたような気がした
「攀昇藤代坂、道崔嵬殆有恐《アヤウクオソレアリ》」と記した人
やあ　定家さん　左近衛少将《さこんえのしょうしょう》殿
苔むした岩を踏み呼び掛けてみる
が　返事はない
上皇の輿から目を離せないのだ
男盛りの躰から流れ出る汗の

柑橘のような匂いを一瞬嗅いだ
木が途切れ
しばらく山腹を巻く
眼下に和歌浦の湾
蟠踞して旅心を蝕む発電所や製鉄所
と嘆く人がいるけど　工夫次第
古道の霊力をちょいと借り
さっと目の玉を換えると
白帆に紺碧の海　緑したたる御崎
おっと肝心の皇子《みこ》を忘れたわけじゃない
十七個の丁石《ちょういし》の地蔵を指折り数えながら
跡目の暗闘の根っこを手探りしてみたのだが
手ごたえの気根もなくて
魂魄のさ迷う暗い斜面から

人家が十軒もある峠に飛び出し
明るい五月の陽光を浴びると
怨霊はたちまち霧散した
後は　白い花の残るみかん畑の細道を
車道を縫って下るばかりだ

椎の花（山の記憶　九）

緑が濃くなった山肌に
次々に爆発する（花火のように）
黄金の椎の花
新緑から黄金への生命の爆発
僕の中でも何かが爆発する
祝祭のように

それは確かに祭りの色だ〔僕に限っていえば〕

祭りの山車　みこしの色だ
金糸の龍の面だ

椎の花の山は紀州に多いが
北摂に住んでいたときにもよく見た

椎の花が今頃よみがえってきたのは
家郷の秋祭りのせいだろう
家郷は結局祭りだ
そうなっていく　年と共に

Ⅲ

風

芽ぐんできた木を
ざわめかして
吹いてきた風が
ふと　ぼくをみちびいた

川原の草はらで
風を切って走ったり
雲雀を追っかけたりした日

さらに　都会の埃をかぶって帰省した夏
青い流れで洗った体を
川風になぶらせて乾かしたりした日へ

この山辺の道が
結ばれているとは思いも寄らなかった
遠い日の川原と
一陣の光る風で

同じ風であるはずがないのに
まるで同じだった

そんな風は
たしかに同じなのだ

時や所が遠く離れていても
いのちに刷毛をかけることにおいて

残り香

帰って　会いたい人は
大方いなくなってしまったが
帰って　会いたい物は
大方そのままだ

だが会いたい物も
人の残り香があるから
会いたくなるのだ

山は山だけでない
川は川だけでない
社《やしろ》は社だけでない

人の懐かしい匂いを
いまもほのかに留めている
青い山や白い川原
宮出しの揺れる灯にも

帰って　会えるのは
いまはもう大方
そんな幻のような
残り香のある物たちだ

ささやかな滴

見慣れた窓や
馴染んだ食卓を踏み台に
虫のように飛び出し
草のしずくを飲むように
渇いた喉を潤す

青空に花びらを広げる枝
見上げる斜面を雪崩れる黄葉

水平線に落ちる永遠
遠ざかる囃子　遠ざかる灯

そんな滴たちの溜まっていく
胸のランプの壺に
ときどき芯を垂らしてマッチを擦る
先の見えない路を
ちっぴり明るく照らすために

「藤野先生」の家

あわら市に藤野厳九郎の旧居があって
起きぬけに見に行った
早朝歩くのは日々のことだが
旅先の人気のない朝は
いつもより足が軽く　また
物が皆くっきり見えるものだ

大きい玄関も広い庭も静まり返っている

温泉街を抜け　竹やぶに沿った長い坂が
平らになって大根畑なんかがあるその先
文化交流センターの隣りに
ぽつんと目当ての旧居があった
移築したという切妻の古い二階家
風雪に備えてか黒い羽目板がたくさん張ってある
数寄屋風の門があり　小庭もあるが
質素で飾り気のない建物だ

留学生の魯迅が教わった「藤野先生」は医専の教授だったが、その後帝大に改組されるとき資格不足で退職、郷里に戻って開業した。真面目で熱心な教師だったが、一面偏屈で無愛敬。そんな性格のため、町医として親しまれながらも、なにかと言われることもあったそうだ。敗戦間際、往診先で倒れ死去。
享年七十三歳。

「藤野先生」の後篇のような生活が
その家の隅々から滲み出てるようだった。

ズボンの砦

最晩年　十畳の座敷で寝起きしてた人
布団の回りに小物入れやら座布団やら
なかでもズボンをたくさん巡らして
六畳の寝間があるというのに

四畳半にベッドで寝起きしてた連れ合いと
近所に住む子どもの一人が
いちど留守に片寄せて掃除したところ

帰ってくるなり直した　機嫌を斜めにして
折り合いの悪い子どもたちに
地位と身代を侵されないようにと
築いたにちがいない
おまじないみたいな砦

連れ合いが九十歳でぽっくりいって二カ月後
九十五歳であっけなく冷たくなった人は
書き置きを残さず
新品で安物のズボンを三十本ほど残した

晩年いっとき通販に凝ってたが
戦後　継ぎはぎだらけの復員ズボンで

通勤しなければならなかったので
格別の思いがあったのかも知れない

柿若葉

——ある詩人の霊に捧ぐ

よく歩く谷川沿いの柿畑が
浅緑になってきた
周りの山も青みを増している
目に沁みる新緑の走り
また柿若葉の季節だ
柿若葉を愛しんだひとは

もういないのだ
見えない微塵になって
戦禍の庭に焼け残った木を
絵の便りに乗せて
巡り巡った季節も
いまでは瞬く間のようだ
われわれは小さな旅びと
見えない大きい指に支えられ
あやうく釣り合っている
虹のように曲がった道を
ほんのひととき
歩き継いでいく者だ

ジャガイモとSさん

はじめての山のキャンプでつくった
味噌汁の実が
たまたまジャガイモで
そのあっさりした甘さと
やわらくてほくほくした食感に
そのころ主食だったサツマイモに
飽き飽きしてた十八歳の舌が
思わず鼓を打ったのだった

以来どんなジャガイモ料理にも目が無いが
Sさんのことを思うと
(もうとっくに亡くなっているのだが)
いまでもすこし胸が痛む

農家の次男坊のSさんは
ジャガイモにはなじみだったのに
復員後一切口にしなくなったという
南方の収容所で毎回あてがわれる
生茹でのくずポテイトが
素っ裸でのし歩く白豚のような
女の炊事兵と重なって
喉を通らなくなってしまったのだ

招集兵から少尉にまでなった
歴戦のつわもので　頑健そのもの
好き嫌いなどこれっぽちもなかったのに
ジャガイモだけがイケナクなった
野営で鍛えた料理自慢で
なかでもカレーライスにはうるさかったのに
いつもそれ抜きだった

Sさんは守衛だったので
宿直の晩よく話を聞いた
紀ノ川仕込みの釣りマニアでもあって
鮎釣りの手ほどきを受けたり
また貴重なうるかを一壜もらったこともあった
職場の宴会の余興では

やはり南方で覚えたという素朴な踊りを
披露するのが常だったが
その姿は　心なしか
ちょっぴり滑稽で
そして淋しそうに映ったものだった

エイちゃんの美の原点

初めて見たのがじいさんに背負われてじゃけん
まだこまかった
お宮出しの夜明け前　往還の人混みで
屋根より高い家の間の暗がりに
黄金の巨人が聳えとった
数珠つなぎの提灯揺らしもって
近づいてくるみこし
そりゃ夢見とるみたいだったわね

とエイちゃん　喜寿の同級会で

学区内の部落ごとにあるのは皆だんじりで
やれ彫り物がどうの　飾り幕がどうのと
わがとこのを自慢する
おんなしように自慢し
太鼓叩くのも好きだったけんど
ほんとはみこしに憧れとって
祭り前日の放課後　わざわざ遠出して
浜の部落にあるみこしの組み立てを
こっそり覗いたりしとった
そこのガキ大将の目盗んで

みこしにそなに惚れ込んだ切っ掛けは

たしか六つのとき　お宮出しが終わって
お旅所から帰る途中　裏道の土手を
ばあちゃんに買うてもろた関東煮のコンニャクを
頬張りもって歩いとったときじゃ

空はいつの間にか明るなって
これから一日かけて町を巡行する
数十台のだんじりや四台あるみこしは
人家の多い表通りをつぎつぎ引き返し
いまはしんがりのみこしがゆっくり進んどった
大きい木の車軋らせもって

家が途切れて　姿を見せると
その美しい黄金の

全身を飾る金糸の龍の面が
折からの朝日にきらめき
くくりの白い房が揺れる
隠れると　屋根の波間に
金色の頭の先と黒いくくりが浮かぶ
また家と家との隙間から
かっと見開いた龍の眼が一瞬光ったりする

百メートル離れた土手から眺めとった
その見え隠れする情景が
ずっと後になってから気ついたけんど
好きになる切っ掛けだっただけじゃのうて
美しいもんの原点にもなったように思う
祭りになるとみこしが

遠くから見え隠れするのを
観るのが楽しみやった
ええ景色でもいちばんぐっと来るのは
見え隠れする時じゃなかろうか
それで今まであちこちで
いろいろ見てきたけんど
なかでも数年前出会うた景色が
とくに頭に焼き付いとる

バス旅行で静岡の三島走っとったときじゃ
高い雲間から　まだたっぷり雪をまとっとる
富士山が一瞬姿を現した
息を詰めて見上げていた車内の全員が
一斉に声を上げた

「これを待っとったんよ」と年配の女性が
感に堪えないように叫んだ
その年の秋祭りは　子どもの時みたいに
待ち遠しかったわね
夢にまでみこしが出てきて
とエイちゃんは云った

秋祭り……愛媛県西条祭り

青いアゲハ

いつか谷沿いの林で
ふと目に止まった
珍しい青い斑のアゲハが
閃光のように
わたしの胸に生み付けた景色

核の脅威が本当になって
ヒトが滅び

言葉や弾などが行き来しない
真空のように爽やかになった
地球の
至るところを乱舞する
無数の青い蝶

これこそが
この星に
最もふさわしい眺め
と確信したのだった

セピア色のフィルム

——歩き継ぐ

セピア色のフィルムで見た明治の上野界隈
下駄でせかせか歩いているインバネスの男
曾祖父の匂いがする

〈三陸デ大地震　死者三万超
語リ継ガレ　マタ文字ヤ絵デ記録サレタ
ソノ前年ニハ清国ト戦争
辮髪ノ捕虜ノ写真ヲ本デ見タコトガアル

フィルムノ記録ハ知ラナイ＞

大正の心斎橋　小股で急いでいる小柄な銘仙のひと
祖母かも知れぬ

＜関東デ大地震　死者十万超
後ニ沢山見ルコトニナル
空襲ノ焼ケ跡ノヨウナ焼ケ跡ヲフィルムデ見タ＞

昭和初年の銀座　肩組んで闊歩するモダンガール
一人はきっと叔母だ

＜支那ト米英仏蘭トモ　イヤ世界中デ戦争　死者無数
世界中ニバラマカレタ戦火ノフィルム

止メノ一発ノ閃光ガ生ミ落トシタ
神ヲ恐レヌ尊大ナキノコ雲モ
抜ケ目ナクフィルムノ翼ニ乗リ世界ヲ駆ケ巡ッタ＞

＜阪神デ大地震　東日本デ大津波
倒壊シ　燃エ盛リ　押シ流サレ　押シ潰サレテ
変ワリ果テタ街々　爆発シタ原発　ガ
絶望ノ涙ヤ希望ノ光ニ色取ラレテ
ドット溢レ出タ　開ケッ放シノテレビノ蛇口カラ＞

やがて同じセピア色の一コマになる
平成の通りを歩き継ぐわれわれも

居場所

原発数キロ圏内の地から
百キロ離れた町に移ってきた人が
居場所がないというのを聞いて
恥ずかしくなった
「ふるさと」の川が面色《かおいろ》を変えた位で
ひどく嘆いたりすることが

だが

居場所があっても
どこかおぼつかないような思いは
ずっとひそんでいる気がする
心のどこかに

どこに引っ越しても
それなりに人になじみ
花も愛でてきたけど
いつもかすかに揺れているような
この生きる空間

安普請の
虫食いの
円形の仮屋

鯉のぼりのように

敗戦がまだどこか信じられなかった
暑い夏のある日
長大な飛行機が一機
海岸に沿ってゆっくり飛んできた

一か月前の夜
隣りの市が焼かれたとき
上空を編隊飛行しながら

焼夷弾をばら撒いていった
爆撃機と同じ型に違いなかった
真っ赤な街の炎を反射して
銀色の翼がきらきら光っていた

そんな一機が　いま
ゆうゆうと目の前を飛んでいる
終わりを告知するように
勝者の余裕を見せつけて

放送のあった翌日　一つ年上の従兄と
戦《いくさ》の続行を叫んだ中学下級生だったが
そのとき　なぜか
憎しみや恨みは湧いてこなかった

胸に満ちてきたのは安堵だった
さまざまな束縛から解放される予感が
すでに芽生えていたのだろうか

武装を解いた爆撃機は
五月の空にひるがえる
鯉のぼりのようだった

あとがき

この世で目に焼き付いた景色のなかで自分のほかにも知ってもらいたいものを詩に書いてきた。

三十数年前、第一詩集『遡行者』を発行して以来、その姿勢を貫いてきた積りだ。

そのときの詩集の構成を調べてみて今回とそっくりであることに気が付いた。川、山、その他の三つの部門に分かれている。人は処女作に戻るといわれるが、その通りである。

今回は、この世で目に焼き付いた景色のなかで、あの世まで持って行きたいものは何か、考える気持ちが強かった。そういう気持ちで編んだ。

詩の先輩の方々、詩友には何かと励まされた。この機会に御礼申し上げます。
また、砂子屋書房の田村雅之氏には大変お世話になった。末筆ながら、この場を借りて御礼申し上げたい。

平成十五年六月一日

曽我部照美

著者略歴

曽我部昭美（そがべ　あきよし）
一九三一年愛媛県に生まれる
詩誌「叢生」「未開」同人
日本詩人クラブ、関西詩人協会会員
既刊詩集『遡行者』（一九八四）
『水の時間』（一九九四）
『領分』（一九九六）
『緑の時間』（二〇〇〇）
『木めぐり』（二〇〇三）
『記憶の砂粒』（二〇〇八）
現住所　〒六四〇―八四八二　和歌山市六十谷五六八―五

詩集　記憶のカバン

二〇一五年八月一日初版発行

著　者　曽我部昭美

発行者　田村雅之

発行所　砂子屋書房

東京都千代田区内神田三―四―七（〒一〇一―〇〇四七）

電話　〇三―三二五六―四七〇八　振替　〇〇一三〇―二―九七六三一

URL　http://www.sunagoya.com

印　刷　長野印刷商工株式会社

製　本　渋谷文泉閣